Horst Engel

Willkommen im Wörtersee

Band 2

Horst Engel

Willkommen im Wörtersee

Neues aus den Untiefen des Alphabets

Mit Illustrationen von Andreas Becker

Band 2

Bibliografische Information der Deutschen Bibliothek.
Die Deutsche Bibliothek verzeichnet diese Publikation in der Deutschen Nationalbiografie; detaillierte bibliografische Daten sind im Internet über http://dnb.d-nb.de abrufbar.
Dieses Werk, einschließlich aller seiner Teile, ist urheberrechtlich geschützt. Jede Verwertung außerhalb der engen Grenzen des Urheberrechtsgesetzes ist ohne Zustimmung des Verlages unzulässig und strafbar. Das gilt insbesondere für Vervielfältigungen, Übersetzungen, Mikroverfilmungen und die Einspeicherung und Bearbeitung in elektronischen Systemen.

© 2019 Horst Engel, www.engel-objekte.de

ISBN: 978-3-7412-6355-2

Layout | Satz: Harri Sonntag
Coverdesign: creative-vision.de, na-und.info
Foto: Gabriele Protze, Bildnis.de
Herstellung und Verlag: BoD – Books on Demand, Norderstedt

für

Hannah
Ewald
Poppo
Claude
Harri

Gebrauchsanweisung

Das allseits beliebte Querlesen eignet sich für dieses Werk nicht unbedingt. Beim Querlesen soll in kurzer Zeit der Inhalt eines Textes erfasst werden. Weil dieser jedoch ständig wechselt, bietet sich das Längslesen an.

Was Sie in Willkommen im Wörtersee finden: Wortspielereien, (Paranomasie) bei dem ähnliche oder gleichlautende Wörter zusammengestellt werden, die teils entgegengesetzte, aber in vielen Fällen verschiedene Bedeutungen haben. Eine Sonderform ist die Figura etymologica, die Wörter ungleicher Wortarten, aber gleichen Stammes, verbindet. Ebenso sind Sie gefordert sich auf Begriffe einzulassen, die sich widersprechen oder teilweise gegenseitig ausschließen (Oxymoron). Machen Sie sich nichts draus. Das passiert schon mal.

Damit nicht genug. Frei erfundene Wörter wechseln sich ab mit künstlichen Wortschöpfungen wie zum Beispiel der Kunstabzugshaube, die ja jeder als Dunstabzugshaube kennt. Eine besonders schön geformte Dunstabzugshaube würde als Kunstabzugshaube problemlos durchgehen.
Übrigens finden Sie in diesem Buch weder einen Spannungsbogen noch eine blaue Fluse. Beides wäre überflüssig, ja geradezu hinderlich.

Es sei denn, sie verfügen in Ihrem Haushalt über einen Salatbohrer und eine Bananenpresse. Dann legen Sie einfach eine blaue Fluse zwischen die Seiten und alles wird gut.

Hello Wien

HALLOWEEN

GARDIAMANT

Isolierzunge

Steckbrief
Steckschuss
Steckrüben
Steckdosen
lass stecken

HEMDODO
ROKOKO
HOSOSO

Aalheimat

Bootaniker schippern gern durch Schilfrohr

Pro fessur
Kontra fur
Pro dressur
Pro seccur
Pro testur

But**terhose**

Canastaamt

gesucht: Teamplayer
gefunden: Eigenbrötler

Brokkolik

Wir fordern:
Dampfgaren in allen Gassen

Übergewicht leicht gemacht:
 Die Bierdiät.
Veranstalter:
 Adipositas-Gesellschaft

Eis am Stuhl

Froschwade

Hummelaufstand

Kraftmüller

Kreissägen-Quintett

Lawinenangang

Nebelschirm

Bei Ausgrabungen haben britische Brexitforscher Überreste von Deutschland gefunden.

Die Fundstelle liegt im sagenumwobenen Rautengraben.

Salafrauder

Salakinder

Salamannder

Trauzeuge
Brauzeuge
Grauzeuge
Ultramarinblauzeuge
Feigenzeuge

Aston Martin
Aston Jenny
Aston Heinzi
Aston Villa
Aston Reihenhaus
Aston Robert

NASCHHUNDE

Katheter der Dünne

Kathedrale die Große

Katharina die Schlanke

Katakombe die Tiefe

Katamaran der Nasse

Katalog der Dicke

Katapult der Schnelle

Katar WM 2022

Heimat

Heim art
Heim arbeit
Hei-o-pei
Hei

Heimo

Smokingsausen

„Ober, Zahlen bitte!"

Ober: „7, 12, 58, 345, 2.789"

Bratwurstkelle
Bunsentrockner
Bananenpresse
Birnenpumpe
Brillennatter
Brunnenfresse
Balltikum

Verbrecher
Abbrecher
Einbrecher
Erbrecher
Erbrächer
Siebrecher
Aufbrecher
Eisbrecher
Ausbrecher

Diskret-Schwätzer

Seifenkistenrennen
Duschgelkistenrennen
Badesalzkistenrennen
Waschemulsionskistenrennen

GOLFFRIEDEN

Klein **britannien**

Potthai

Profiamateur

Rinderglocken

Tank   stulle

Stoßstange

mit

Waldmeisteraroma

TEEGABEL   **TEEMESSER**

Sie   ziehung

Sie   nährung

Rommé

        ist auch

                nicht an

                einem

        Tag

          gespielt

    worden

Kleinmutter

Kleintante

Kleinonkel

Kleinvater

Großkind

KU
NSTA
BZUGS
H
AU
B
E

paradieskirsche
paranussapfel

Sahnestulle
Salatbohrer

Obstbeil

Knäckesemmel

Die Leiden des jungen

wärters

Dietersilie

Kantersieg
Kontersieg
Kontosieg

Muttikan
Vatikan
Omakan
Opakan
Ottawan
Onkelkan
Tantekan

Garling

Rohling

Wüstling

Bratling

Dünstling

Bankbelaster

Geschulte Tomaten

Halblang
Halblaut
Halbleiter
Halbleer
Halbvoll
Halbinsel
Halbpinsel
Halbquadrat
Halbaffe
Halbbitter
Halbbruder
Halbfinale
Halbwissen
Halbe-Halbe
Ganztagsschule
Halbzeitpfiff

Unter die Reeder kommen

Weltwurst

Vorzugsbier

Löwenlücke

Traumhüfte

Servietten – Innung

U-Turm	Dortmund
B-Turm	Bochum
E-Turm	Essen
F-Turm	Dresden
S-Turm	Windstärke 11

Reuepflaster

Spachtelseife

Spaßweide
Speckreste
Spenderbrille

8-tägige Reise für Veganer mit Deutscher Speiseleitung

Zoten-Residenz

Ja, Ja, Ja,

Nee, Nee, Nee

Jau, Jau, Jau

Nö, Nö, Nö

SCHREINWERFER

Dreiecksschreiber

Quadratschreiber

Pyramidenschreiber

Kugelschreiber

**Mistwahl
(Deutschland)**

**Kurzwahl
(Österreich)**

ABENdtAU

Angsthasenpürree

Dellenbad

Eierkohlenhydrate

Chorlästerin

Brechlinsen

Drückleber

Heißgeschleuderter Drachenhonig

Korkendrücker

Kaumquappen

Kanalkünstler

Rohrkrepp

Trauschwein

Tollpflaume

Tulpenripe

TIpperware

Pudersalz

Stromziege
Sündenmolch

                    L   ängs

flö

                                    te

Maikäfer-Pool
Madarinen-Klingel
Masern-Kittel
Maul-Tüten

Schlechtschein

Schlechtshof

Mussbruchstelle

Notizen aus der Provence

Milbensalbe

Kelleruhr
Latschenpappel
Nebelbrille
Quardatsäge
Piniengürtel
Schicksaal
Rumpfkugeln
Schlittstiefel

DUMMER SEE

Gammel-Strahlen

Gangster-Reha

Kissenwart
Kassenwart
Kastenwart
Küstenwart
Krustenwart
Kistenwart

Dalai Trampeltier
Dalai Dromedar
Dalai Lama
Dalai Alpaka
Dalai Vikunja
Dalai Guanako

Vorratsgäste

Querbeet
Querboot
Querstange
Querlampe
Querfrisur
Querulant

Kofferwort
Handtaschenwort
Beutelwort
Korbwort

staubs
auger
weitwu
rf

Teppich-Offizier

Hochschulseife
Heckennelke

Gruppendynamo

Atmungs passiv

Buchbrust

Santa Fritz

Beliebtes Kartenspiel für Hunde:

WAU-WAU

Dreitagsfliege

Damokles-Degen

Gelbhemden

Beleidigte

Blutwurst

Finanzhanglagen

Barsofa

Grundrenten-Hacker

Applausmohn

Heimathose
Heimatlose
Heimatdose
Heimatrose
Heimatrolfi
Heimatrosi
Heimatchose

DOSENALLEE
DOSENBEET

Geschwindigkeitsbegrenzungsbefreiung

Bankwesen-Verwesung

Eigentum   Gegentum   Geigenturm   Feigenturm

Hockfalter

Bodenadler

Goldkrähe

KONTREINE

PROTEINE

Glätteinstitut für
Umbrüche

Angrund
Aufwasserkanal
Außenmitte

Qual-O-Mat

Bussard

Haltestelle

Mut zur Ecke
Wut zur Mücke
Gut zur Brücke
Brutus Pflücke
Gute Krücke
Burger Knäcke
Berger Drücke
Nut zur Ella

Bundeslinsengericht

Flip-Flop-Finder

Wieviel Pickel vertrÄgt ein Monitor?

Jalousien - Predigt

Adam Zwerg

Gesetzliche Privatversicherung

Kontrakomma

Holznase sei schläfrig

Konfettiblase

Insekten
transporter

Entdecken Sie ihr Idealgewicht.

Ich zähle bis 10!

Heilfressen

Mangopflaster

Schipass

Schipiste

Schilift

Schifanta

Schizirkus

Schikago

Pfarrernoster

Mitfrühlingsnacht

Platz an der Tonne

Bar
der
Versumpft

Zahnbürstenzimmer

PANTOFFEL – FEIGLING

Hasenknie

Die madagassische Schnabelbrustschildkröte lebt auf Madagaskar. Es gibt nur noch 200 Exemplare. Sie gehört zu den sehr seltenen Tierarten.

Wie hieß doch gleich dieses Volkslied?

„Wir lagen vor Madagaskar und waren die Pest an Bord"

Axel Bauer
Axel Läufer
Axel Springer
Axel Witsel
Axel Schweiß
Axel König

BEINKUHLER

BETTELGRAF

BISCHOFSFEHLER

Lobzölle
Lügengraf

Lendenschaft

Fleckenstrahler

Glücksbiber

Milchzebra

Kamelglatze

Lammlet

Himalayazucker

Himbeersattel

Hundestau auf der A2

Kreditrahmung

Kugelraute

Kühlherd

König der Möwen

Trinkhalm-Reservat

Großod

VHS-Kurs Ruhrgebiet:

Gemeinsames Atmen am Kamener Kreuz

Schläferhund

Konfliktfrösche

Nagelsofa

Politikerverfügung

KartenöffNer

REICHSHABICHT

Zitronenglätter

Backterien

Kochte**R**ien

Gar**T**erien

Dünsterie**N**

Röst**E**rien

Grillterien

B**R**aterien

Hirsehemd

Hosenpalast

Hüftsilber

Made in Mikronesien

Frühstelier
Winstelier
Sommelier
Herbstelier

Enestrone
Menestrone
Munestrone
Minestrone

Gerüchtekeller, Gerüchteboden,
Gerüchteküche, Gerüchtekammer,
Gerüchtebüro, Gerüchteschlafsack

O-BOOT

Bienenstever

HENKELFRAU

Rauchmelderin

Neunerbahn

Fahrrad-

Finder

Gewächskeller

Koreanderkartoffeln

Eissprung

Essgondel

Instantkaffee
Instanthaltung
Instantmuckefuck
Instantcchiato
Instantopresso
Instantgram

Klagehauer

Fata Morgana
Fata Frühgarna
Fata Nachtgarna
Fata Spätgarna

Zankbirne

Wespentoilette

Salto

Wortale

Hohes Gericht
Tiefes Gericht
Tellergericht
Linsengericht

Unterraschung

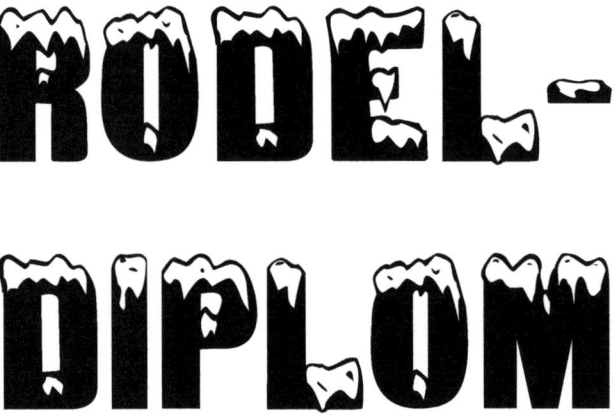

Ein Paar macht Urlaub in Meran und isst dort täglich Paarmesan.

Horst Engel
Schöner kürzen
100 + 10 neue Abkürzungen
Taschenbuch, 240 Seiten
€ 9,90 (D)
ISBN: 978-3-7412-8441-0

Als ausdrucksstarker und aussichtsreicher Kandidat für das „PEN Bulletin of selected books" verleibt sich Horst Engel das weite Feld der Abkürzungen ein. Die Genera dicendi leichtfüßig überspringend, intentionsaffin an bestehende loci communes anknüpfend kreiert er neue prosaisch-poetische Gedankenschwünge, die wie künstlerische Periegesen von Abbreviationen anmuten. Eristisch-verzerrend eröffnet sich dem geneigten Leser ein wahrhaft meisterliches Satyrspiel der Buchstaben, das gleichermaßen nachhaltig im Solar plexus wie im Cortex cerebellaris nachklingt.

Die Welt der Abkürzungen
frisch gepresst und neu interpretiert

Horst Engel

Horst Engel
Die Welt der Abkürzungen
frisch gepresst und neu interpretiert
Taschenbuch, 192 Seiten
€ 9,99 (D)
ISBN: 978-3-7448-1613-7

Unser Leben verkommt allmählich zu einer lustlosen Instant-Kommunikation. Jeder hat es eilig und so wird auch kommuniziert. Mit Emoticons, Abkürzungen und Akronymen aller Art versuchen wir, möglichst schnell Botschaften zu versenden. Dass es auch anders geht, zeigt Engel in seinem zweiten Buch *Die Welt der Abkürzungen*. Hier werden real bestehende, oft bekannte Abkürzungen, satirisch seziert, neu interpretiert und das auf sehr übersichtliche Art und Weise. Auf jeder Seite findet man lediglich eine einzige Abkürzung vor. Wunderbare Illustrationen machen aus der Abkürzungs-Satire ein gelungenes Buch.

Horst Engel
Post vom Souverän
Kommunikation mit der Kanzlerin
Taschenbuch, 160 Seiten
€ 7,99 (D)
ISBN: 978-3-7528-3338-6

Im August 2017 läutete die Politik die heiße Phase des Wahlkampfes ein und Engel fand, dass dies der beste Zeitpunkt sei, endlich einmal die ewige Kanzlerin persönlich zu beraten. Bis zur Bildung der neuen Regierung wollte er ihr persönlicher Ratgeber sein. Nach achtundsechzig Briefen, Posts und E-Mails hatte er die weiße Flagge gehisst. Die Kapitulation. Am 16. März 2018 um 12:45 Uhr war es vorbei. Der letzte Postausgang. Der letzte Post, die letzte E-Mail. Kein Sterbenswörtchen. Dabei waren alle Ratschläge ernst gemeint.
Immer wieder wird von der Politik gefordert, dass man sich einbringen solle. Tut man es dann, wird man nicht nur nicht ernst genommen, man wird noch nicht einmal wahrgenommen. Tolle Aussichten für unsere Demokratie.

Ich weiß

HORST ENGEL

Horst Engel
Ich Weiß
Hardcover, 260 Seiten
€ 19,99 (D)
ISBN: 978-3-7460-1438-8

Unsere Gehirne werden permanent geflutet. Am Tag. In der Nacht. Im Traum. Auf dem Klo. In einer Welt, die zunehmend aus den Fugen gerät, finden wir uns nicht mehr zurecht, vermissen den Halt. Das Hamsterrad dreht sich immer schneller, unser Wertesystem gerät ins Wanken. In dieser Gemengelage betritt *Ich weiß* das Parkett. *Ich weiß* ist ein Buch ohne Netz und doppelten Boden. Keinerlei Handlung beansprucht sie über Gebühr. Sie entspannen und entschleunigen. *Ich weiß* wirkt wie eine literarische Shiatsu-Massage. Tauchen Sie in jede Seite ein und lassen sich treiben durch ein Blättermeer von weißen Seiten.

HORST ENGEL

geboren am
5. Februar 1950 in
Duisburg-Ruhrort;
lebt in Lünen,
Buchautor, Künstler,
Preisträger des ersten,
zweiten und dritten Preises,
Statt-Block Blogger